Jodgor Obid

Die verzauberte Drachenhöhle

Usbekisch - Deutsch

Jodgor Obid wurde am 15.12.1940 in Taschkent/
Usbekistan geboren.
Er ist Mitglied der Civil Rights Defence of Central
Asia und Delegierter von
Human Rights Watch/ Helsinki.
Veröffentlichungen vieler Gedichtbände in
Usbekistan,
Lyrikübersetzungen ins Deutsche:
 "Das goldene Schiff"
„Die verzauberte Drachenhöhle"
 Sein bekanntes usbekisches Märchen
übersetzt von Eleonore Klauser
Jodgor Obid lebt im Exil in Götzis/Vorarlberg

Die Herausgabe des vorliegenden Buches wurde
gefördert von Kultur – Kontakt Austria
Cover: Typo+Grafik, Rene Dalpra, Götzis

ISBN 3-8311-3713-7

Herstellung: Books on Demand GmbH

Сеҳрли Юҳо ғори ҳақида эртак

Дунё кўриб, йўл юриб,
Йўл юрса ҳам мўл юриб-
Бобонгиз қариб қолди,
Сочи оқариб қолди.
Ҳар ерда қайта-қайта
Ҳақ гапни айта-айта
Гоҳида хурсанд бўлиб,
Гоҳи занжирбанд бўлиб
Аммо қайтмай шаҳдидан,
Шаҳдидан ҳам аҳдидан
Эртаклар тўқийберди,
Ҳам тўқиб, ўқийберди.
Ҳар эртаги бир достон,
Ҳар достонда минг армон.
Армонин сўйлайберди,
Эл дардин ўйлайберди.
Ботир бошқа, мард бошқа,
Мард кўксида дард бошқа
Юҳо киму, подшо ким,
Юрт йўлида адо ким-
Бирига қалам отди,
Бирига алам отди...
Даврага келинг бу он-
Бошланар янги достон.

Die verzauberte Drachenhöhle

So viele Jahre streifend durch die Welt,
Länder und Wege hinter sich lassend,
ist euer Märchenerzähler alt geworden,
sein Haar nun grau und schütter.
Doch unermüdlich ist sein Streben, sein Durst
nach Wahrheit, der oft bitteren.
Das eine Mal ganz frei und froh,
das andere Mal gelegt in Fesseln
lässt er nicht davon ab und
erzählt Geschichten stets aufs Neue.

Ein jedes Märchen ist ein Lied,
Ein Schicksalslied, ein Wunschtraumlied.
Und er singt stets, als wäre es sein eigenes
Geschick.
Doch ist es das der ganzen Menschheit.
Kühne und Mutige sind da zu finden,
genausoTapfere und Furchtlose.
Doch um ein wahrer Held, ein Bachodyr* zu sein,
reicht das nicht aus.
Ein solcher braucht ein großes Herz
Voll Sorge um sein Volk
So kommt und setzt euch näher,
Denn jetzt beginnt ein neues Märchen.

Дунё далғовли экан,
Олам алғовли экан,
Гоҳ қоронғи, гоҳ ёруғ,
Гоҳи алдовли экан.
Ўтган замонларми ё-
Ҳозирги онларми ё-

Тўғрисин айтсам агар
Бунинг фарқи йўқ қадар.
Ҳар бир жоннинг асли жон,
Ҳар инсон насли- инсон.
Ҳар ернинг ҳазони бор,
Ҳар элнинг армони бор.

Аммо дардли Дардистон
Қисматин қилиб достон
Сўзласак- сўзлагудек,
Бўзласак- бўзлагудек.
Зеро эли ҳеш бизга,
Тақдири ҳам эш бизга.
Сағри саҳро, тоғли юрт,
Бағри доим доғли юрт
Қисмати қаро экан,
Кўп мотамсаро экан.

Das Leben fließt und fließt in einem fort.
Die Welt steht niemals still, sie brodelt.
Mal Finsternis, mal Licht umhüllen sie,
mal ganz von Lügen eingesponnen und benebelt.
Vor langer Zeit geschah es -
Oder doch vielleicht erst gestern? Ehrlich gesagt,
es ist darin kein Unterschied.
Menschliche Seele bleibt Seele,
der Mensch bleibt einfach Mensch.
Jedes Stück Land hat seine Jahreszeiten,
 wie jedes Volk sein Unglück und sein Glück.

Die Geschichte vom Unglück Dardistans
Möchte ich in meinem Lied - Dastan*
euch nun erzählen. Die Menschen dort
sind uns nicht fremd, ihr Schicksal uns vertraut.
Der Ort umsäumt von Bergen und von Wüsten.
Von Trauer gezeichnet kannte es nichts weiter
als Schrecken, Entsetzen und die Trauer.

Ein gewisser Schah Ischam regierte dieses
Land.
Woher er kam, das war dem Volke unbekannt,
doch seine Art erfuhr es jeden Tag.
Von Bildung nicht, doch voller Hinterlist und
Tücke,
war er ein Grobian voll Habgier, unersättlich.

*Bachodyr, usbekisch: Held

Бир шоҳ битиб бошига
Оғу тушмиш ошига.

Ишом шоҳ эмиш оти,
Ғойибул каззоб зоти.

Кўнгли эгри бадкирдор,
Жоҳил, айёр ва ғаддор,

Талон қилиб тўймасмиш,
Қон тўкмоқни қўймасмиш.

Вайрон эл яна вайрон,
Ҳайрон эл яна ҳайрон...

Элкесари. эл кесар,
Элкезари-эл кезар.

Нимаки бўлса аён-
Қиларди шоҳга баён.

Бир бало бўлмасин дер,
Кўзғолиб қолмасин дер.

    Шоҳим, бу эл нодондир,
Нияти кўп ёмондир.

    Ёмонини топ, дер шоҳ,

_Аямсдан чоп, дер шоҳ.
_Шоҳим албат топармиз,
Топганимиз чопармиз,
Аммо ҳалқ- оломондир,
Оломон беомондир.
Йўлини билмоқ керак,
Сўнг тадбир қилмоқ керак.
Токи йўқотиб бошин_
Тополмай қолсин ошин.
Қулликда бўлиб доим
Юрсин қўйдек мулойим...

Хуллас, қилиб ҳушомад,
Шоҳ олдида букиб қад
Аъёну- акобирлар
Тузаберди тадбирлар.
Зулм ошиб ниҳоят-
Туганди элда тоқат.
Қаттиқ чирпиниб қолди,
Ғазабга миниб қолди.
Тўлғониб тураберди,
Майдонлар қураберди...

Durch Plünderung und Raub ließ er
das verwirrte Volk noch irrer werden.
Seine Schergen durchsuchten jedes Haus
und meldeten selbst Nichtigkeiten.
Die Henker hatten viel zu tun
und brachten Unschuldige zu Tode.
„Eure Hoheit, dieses ungebildete Volk
ist einfach undankbar und führt nichts Gutes im
Schilde!"
„Durchsucht alles und alle!" schrie der Schah,
„Und kein Erbarmen mit denen,
die gegen uns sind. Hackt sie in Stücke!"
„Wie ihr befehlt, oh Hoheit, wird gemacht."
Aber das Volk, ein wilder Haufen,
war stark zunächst und ließ sich nicht
so leicht in Ketten legen.
Das sah der Schah und wusste, dass
nur Sklaverei und Unterwerfung
das Volk im Zaume halten konnten,
auf dass es zahm sei, wie ein Schaf.

Höflinge und Wesire des Schahs
ergriffen eilig alle Maßnahmen
zur Unterdrückung des eigenen Volkes.
Die Menschen merkten es sofort.
Die Luft zum Atmen wurde schwer.
Erschrocken und entsetzt, doch voller Hass,
Macht sich das Volk gefasst auf das
Allerschlimmste.

*Dastan, usbekisch: Verszählung

Деманг, эртакчи бобо
Шоҳларни қилиб иғво
Бошлар яна надомат,
Эскидан қолган одат...
Тингланг қуйиб қулоққа,
Гап асли бошқа ёқда...

* *
*

Эл кутмаган замонда,
Уйқуда ётган онда
Даҳшатли ўкирган ким,
Тун бағрин ўпирган ким...
Осмон гувиллаб қолди,
Итлар увиллаб қолди,

Нималигин билолмай
Кўплар чувиллаб қолди.
Оташ ёғар ҳарёндан,
Ўнгдан, сўлдан, осмондан...
Босиб кетди қора дуд,
Ажал ёғдирар булут.
Бир даҳшатли тун бўлди,
Ёвузлик устун бўлди.
Кўплар кетди қирилиб,
Кўплар ўлиб_ тирилиб

Denkt bitte nicht, dass euer alter
Märchenerzähler
In seinem Lied die ganze Zeit verschwendet,
um nur den Schah und seine Brut
zu schimpfen und zu tadeln.
Hört zu, denn von ganz anderem
wird bald die Rede sein.
Eines Nachts, als keiner daran dachte,
denn alle Menschen schliefen fest,
donnerte urplötzlich eine Höllenstimme
und riss die nächtliche Ruhe
wie einen Vorhang in Stücke.
Der Himmel brauste, Chaos herrschte überall.
Die Hunde jaulten furchterregend.
Die Menschen waren völlig überrascht.
Ein Feuer fraß sich durch von allen Seiten,
von rechts, von links, von oben her,
und rabenschwarzer Rauch umhüllte die ganze
Gegend.
Wolken ergossen sich todbringend auf die
Menschen.
Das Gefürchtete, das allerschlimmste war
gekommen.
Das Böse allgegenwärtig,
viele starben in dieser Nacht,
viele wurden verletzt, verwirrt.
Vor Schreck zu Stein erstarrt oder sprachlos.
Die erste Morgenröte - rot wie Blut -
zeigte ganz unverhüllt das Ausmaß der
Zerstörung:

Қўрқувдан қотиб қолди,
Қонли тонг отиб қолди.
Боқсалар гангу-ҳайрон
Бутун юрт бўлмиш вайрон.
Нима эди? Ким эди?
Ҳарким билганча деди.
Подшоҳдан келди хабар
Эмишки, буюк аждар-
Юҳо пайдо бўлибди,
Кўзи қонга тўлибди.
Пўлатдан эмиш тани,
Қора ғорда Ватани.
Оғзидан тошлар отар,
Гоҳи оташлар отар.
Кўзларидан чиқар дуд,
Қора оғули булут...
Гарчи оёқ-қўли йўқ,
Даф этмоқнинг йўли йўқ.
Пўлат қанотли эмиш,
Касби бедодлик эмиш.
Аъёнлар дер: "Шоҳимиз-
Бу ишда паноҳимиз.
Таъзимлар айлаб бажо
Қилинг ундан илтижо...

Das ganze Land in Schutt und Asche.
Wer war das? Was war das?
fragte jeder im stillen.
Und er wurde bald vom Schah mit folgender
Nachricht belehrt:
Das alles hat ein Drache angerichtet.
Ein Monster, Menschenfresser
mit Augen voller Blut.
Aus Stahl sein Körper und sein Schwanz,
stählern seine großen Flügel.
Sein Rachen spuckt Steine und Feuer,
aus den Augen quillt schwarzer Rauch, wie Gift.
Er hat keine Beine, keine Arme
und ist doch unanfechtbar, nicht zu töten!
Kurz - der Inbegriff des Bösen!
Man weiß nur, dass er
in einer schwarzen Höhle haust.
Auf diese Nachricht ist der Hofstaat sehr
verängstigt.
Er bittet flehentlich den Schah um Schutz.
Das Volk ist auch schon da,
die Köpfe bis zur Erde tief gesenkt.
Staub und Asche küssend, bittet es
den Schah um seinen Schutz.
„Eigentlich geschieht es euch ganz recht!"
so sprach der Schah.
„Euer Zorn auf mich
ist schuld daran!
Doch ich bin gnädig und barmherzig,
verzeihe und beschütze euch,
auch dieses Mal.

Шоҳ қошида оломон
Бирдай бош эгиб шу он
Юзин тупроққа қорди,
"Қутқаринг" деб ёлборди.

Шоҳ деди "ажаб, ажаб...
Қилдингиз менга ғазаб.
Аммо асли серҳиммат_
Шоҳингиздан шу ҳизмат.
Топгаймиз сулҳ йўлини,
Боғлаб оёқ_ қўлини
Ҳафтада етти гўдак_
Армуғон этмоқ керак.
Энг азалий одат шу.
Аждар нафсида ғулу_
Гўдаклар соф қонидан,
Ҳам бегуноҳ жонидан
Топармиш фақат ором,
Даъф этмасмиш сўнг мудом".

Ҳалойиқ титраб қолди,
Юраги питраб қолди.
...Бу нечук ҳиммат экан,
Ва қандай хизмат экан...

Es gibt ein Mittel,
die Bestie zu besänftigen.
Seit uralter Zeit ist dieser Brauch bekannt:
Sieben Säuglinge pro Woche,
an Händen und Füßen gebunden,
als Opfergabe für den Drachen.
„Gesättigt am kindlichen Blut
und an Unschuld und Reinheit der Seelen,
findet der Drache höchsten Genuss
und lässt uns für lange Zeit in Frieden."
Das Volk erschrak, war wie versteinert.
Die Herzen pochten bis zum Hals.
Das heißt gnädig und barmherzig?
Und woher nur stammt der Brauch?

Gedemütigt und ohne Hoffnung,
durcheinander und verstört,
löste sich die Menschenmenge auf
und ging nach Haus,
dorthin, wo Unglück, Trauer und Verzweiflung
allgegenwärtig sind.
Die Welt schien ohne Licht zu sein.
Die Luft war Gift, das Wasser Gift.
Allein auf Gott war jetzt zu hoffen.
Jedoch, in jedem Land, zu jeder Zeit
gab es schon immer Helden.
So auch hier, in Dardistan
waren etliche bereit für ihr Volk zu kämpfen.
Die einen nannte man Batyr*.
Sie waren unermesslich stark
und wollten ihre Kräfte gerne prüfen.

Умиди бўлиб пайҳон
Қайтаберди оломон.
Бирови ундай деди,
Бирови мундай деди.
Қилмасин қанча фиғон
Кўринмасди бир имкон.
Эл алам ютаберди,
Ва мотам тутаберди...
Кўзига кун қоронғу,
Ҳаво_оғу, сув_ оғу...
Фақат оллоҳдан мадад
Кутиб ётар мамлакат.

Ботири йўқ эл бўлмас,
Қайишмаган бел бўлмас.
Бел қайишиб эл деган,
Ҳаддинг бўлса кел деган
Баҳодирлар бор эди.
Майдон талабгор эди.
Бари чирпиниб чиқди,
Ғайратга миниб чиқди.
Рағбати улуғ бирин,
Шиддати улуғ бирин,
Эл дастёри бўлгали_
Ҳиммати улуғ бирин...

* *
  *

Юлдузлар қалтирайди,
Кўрқиб ерга қарайди.
Ваҳм босган бу олам_
Бунчалар қалдирайди...

Тун қаноти қароми,
Ватан мотамсароми,
Оҳ тортган осмонми ё_
Қон бағирдан нидоми...

Омон_ омон... омон йўқ,
Омон кўрган замон йўқ.
Омонликка зор бу эл-
Омонлиги ҳамон йўқ.

Юлдузлар қалтирайди,
Тоғ бағри қалдирайди,
Кўзи ёшли эл унсиз_
Қақшаб ҳарён қарайди...

* *
  *

Und mit den Feinden messen.
Die anderen hatten höhere Ziele
und wollten ihrem Volke nützlich sein.
Bachodyr nannte man diese.

*Batyr, usbekisch: Kühner Mann

Аждар ёмон ўкирди,
Осмон бағрин ўпирди.
Ўрмалаган тоғ бўлиб,
Кўзлари чақмоқ бўлиб,
Сочиб ҳартомон заққум,
Оғу, оташ ва ўлим_

Юрт томон юриб қолди,
Ёмон ўкириб қолди.
Заҳри ажалдин қаттиқ,
Қаҳри аввалдин қаттиқ.
Думи шамшир. Тан_ пўлат,
Ваҳм қоришиқ ўлат...
Парво қилмас қошида_
Қилич сирмаб бошига
Ким унга бўй_ бўйлашар,
Ажал билан ўйнашар.
Бирор ютум жони бор,
Бошқа на имкони бор...
Гарчи бир довдир экан_
Ҳарҳолда ботир экан.
Ҳамла қилар. Қўймайди.
Оташ тегса ўлмайди.
Қилич сирмар бошига...

Lied des Volkes

Die Sterne flackern angsterfüllt,
Besorgt betrachten sie die Erde.
Die Welt kommt nicht zur Ruh`, sie brüllt
Und ist von Todesangst umhüllt.

Die schwarzen Flügel der Nacht
Erdrücken, schwer wie Blei.
Alle weinen, halten Wacht.
Man hört nur Stöhnen und Geschrei.

Für uns gibt`s keine Rettung mehr.
Der Frieden bleibt uns fern.
Wir sehnen uns nach Glück so sehr,
Doch wissen wir nicht, was es ist.

Die Sterne flackern angsterfüllt
Und alle Berge zürnen.
Menschen mit tränenfeuchten Augen
Schauen zu den Gestirnen.

Офарин бардошига.
Чап беради у ёнга,
Чап беради бу ёнга.
Янчиб ўтмоқлик увол,
Беҳуда топгай завол.
Бир тадбир этмоқ керак,
Тириклай ютмоқ керак...

Элим деган эр йигит
Ўмрови кенг шер йигит
Тунда тундай олишди.
Кунда кудай олишди.
Аждарга тенг келай деб
Бўз қуюндай олишди.
Аждар ўлатдек эди,
Тани пўлатдек эди.
На қиличу ва на ўқ
Зарра кор қилгани йўқ.
Уч кечаю уч кундуз
Жанг қилди ботир ёлғиз.
Оҳир тугаб мажоли
Етди унинг заволи...
Юҳо олиб домига
Тортиб кетди комига.
Элга жонин тиккан жон
Шу йўлда бўлди қурбон...

Das Donnern des Drachen
riss den Himmel entzwei.
Augen wie Blitze,
Atem wie giftige Rauchwolken.
Einer Steinlawine gleich
wälzte er sich der Stadt entgegen.
Schreiend, jaulend, grollend.
Wutentbrannt und zornerfüllt
verkündete er überall den Tod.
Sein Schwanz glich einem Riesensäbel,
sein Körper aus Metall.
Er kannte weder Angst noch Furcht
Vor nichts und niemandem.
Auch nicht vor einem Bachodyr,
der plötzlich vor ihm stand
und ihm mit seiner Klinge drohte.
Doch wer war da so lebensmüde
und wollte sich mit ihm messen?
Für einen Drachen ist ein Mensch,
und sei er noch so tapfer,
ein kleiner Happen, ein Leckerbissen nur.
Aber der Bachodyr kannte keine Furcht,
ein echter Held, ein Herkules war er
besessen auf den Kampf.
Das Drachenfeuer kümmerte ihn kaum.
Er stach drauf los,
erst links dann rechts,
dann auf den Schädel.
Ehre sei ihm und seine Ausdauer gepriesen.
Der Drache wollte den Herausforderer
jedoch nicht einfach so erdrücken.

Эл аза тутиб қолди,
Аламлар ютиб қолди.
Кўргилик не бўлар деб
Тақдирин кутиб қолди.

Армони йўқ_ ботирмас,
Эзгу ишга қодирмас.
Ҳар ботирга армон ёр,
Эл дарди_ эрга мадор..
Ўз элига ҳос ботир,
Билаги олмос ботир_
Армон билан тўлғонди,
Ортди ҳасрати. Ёнди...
Падар бузрукворидан,
Ҳам онаизоридан
Дуо сўраб чўкди тиз,
Дея " рози бўлингиз,
Юрт ишига ярайин,
Ўлимга тик қарайин.
Аллоҳдан мадад бўлса
Балодан қутқарайин..."

Йигит жангга отланди,
Дуодан қанотланди.
Юҳо ғорига яқин
Кўрсатиб ўз ҳимматин
Бир қаттиқ наъра урди,
Тоғ бағрини ўпирди.
Аждар уйғониб қолди.
Ёмон тўлғониб қолди.
Ўт сочиб, гоҳ уриб дум
Бошлади қаттиқ ҳужум.
Жанг авжида Дардистон_
Сағрини тутди тўзон.
Етти кундуз, етти тун
Гоҳи у, гоҳ бу устун_
Олишдилар беомон,
Ҳечбири бермайин ён...
Олмос ботир зўр эди,
Ўз элига қўр эди.
Аммо пўлат тан Юҳо
Қиличга қилмас парво.
Топмайин бошқа аъмол_
Ботирда қолмади ҳол.
Қилиб сўнгги бор таҳдид_
Охири топди шаҳид.

Zu leicht erschien ihm solch ein Tod
für dieses Menschlein.
Das Beste wäre wohl den Bachodyr
lebendig zu verschlingen.
Jedoch fürs Erste ging er fort, der Kampf.
Der Bursche kämpfte wie ein Löwe,
ganz seinem Volke zugetan
gleicht seine Kraft dem Sturmwind.
Dem Drachen aber, wie dem Tod,
konnte keine Klinge, keine Kugel schaden.
Nach drei Tagen und drei Nächten
kam die Erschöpfung und damit auch
das Ende für den einsamen Widersacher.
Der Drache riss den Rachen auf
und verspeiste ihn im Nu.
Der Erste, der das Volk befreien wollte,
war gescheitert.
Das ganze Land in Trauer nun gehüllt.
Das Leid der Menschen unermesslich,
so warteten sie voll Ungewissheit,
was Schlimmes noch passieren sollte.

Ein echter Bachodyr
ist dann ein wahrer Held,
wenn er durch gute Vorsätze
bereit ist, gute Taten zu vollbringen.
Wenn das Unglück des Volkes
sein Unglück ist, dann wird nur das
ihm Kraft und Unerschrockenheit verleihen.
So erhob sich noch ein Bachodyr
mit Händen wie aus Diamanten.

Қисмати қаро юртим,
Бағри хун, яро юртим,
Нажот излаб, бенажот_
Дардга мубтало юртим.

Оташми бу ё армон_
Кўксимни ўртар ёмон.
Топмайин эркка имкон_
Ингроқ бир садо юртим...

Етса гар сенга завол
Эмасми элга увол,
Бутун умр бу аҳвол_
Сенгами раво, юртим...

Умидлар гулдай сўлди,
Бағринг ҳасратга тўлди,
Айт, сенга нима бўлди,
Бағри бой, гадо юртим...

Ингроқ бир садо юртим.

Er räusperte sich kurz, dann fing er an zu
sprechen,
denn sein Entschluss stand fest.
Mit großem Schmerz in seiner Brust
kniete er vor den Eltern und bat um ihren Segen
und den Beistand Gottes.
Beflügelt ganz von der Idee,
den Drachen zu besiegen,
schlug unser Held Batyr Almas*
den Weg zur Drachenhöhle ein.
Er näherte sich sacht
doch ohne Furcht dem Eingang
und blies ins Horn ein Kampfsignal.
Das löste einen Steinfall aus.
Der Drache wurde wach, er drehte sich,
schaute dann fragend um sich her.
Sogleich spuckte er Feuer und begann
zornig mit dem Schwanz zu schlagen.
Der Kampf begann und bald
war Dardistan umhüllt von Staub und Rauch.
Sie kämpften hart und unerbittlich
über sieben Tage, sieben Nächte lang.
Das Glück war mal auf dieser,
mal auf jener Seite. Keiner die Oberhand
gewann.
Almas-Batyr war unermesslich stark, nach
Menschenmaß.
Dem Drachen aber brachten seine Hiebe keinen
Schaden.
Almas-Batyr kämpfte tapfer für sein Volk,
jedoch des Drachen Schuppenstahl,

Эл ботирсиз бўлмаган,
Ботирлик эл ўлмаган.
Элим деган бор эди,
Майдон талабгор эди.
Ботирсиз эл _ қўрқоқ эл,
Бирлиги йўқ, тарқоқ эл
Ўнгмас сира ва унмас,
Зеро бағри бутунмас.
Бу эл кўнгли тўқ эди,
Унда қўрқоқ йўқ эди.
Дунё ғариб кўринмас,
Кўр кўриган кўринмас.
Қолмагай юрти ўксиб,
Не эрлари кўр тўкиб
Давра айланаберди,
Зўри сайланаберди.

Эрмон ботир_ эр эди,
Яккабилак шер эди.
Айлади майдон талаб,
Барча эл ҳайрон қараб_
Деди:"Аждар_ ўлатдир,
Тани гўё пўлатдир.
Қилич, найза қилмас кор,
Кучга ишонмоқ_ бекор.

wehrte jeden seiner Hiebe ab.
Der Bachodyr verlor an Kraft
und wusste keinen Rat.
Verzweifelt und mit letzter Kraft hob er das
Schwert ein letztes Mal,
bevor der Drache ihn verschlang.

*Almas, usbekisch: Diamant

Йўлини билармисан,
Бир тадбир қилармисан?"
Ботир дер: " Зўрим билан,
Юракда кўрим билан
Юҳони йиқолмасман,
Ва устун чиқолмасман.
Сиз берсангиз ижозат_
Сўзингиз менга мадад.
Бир йўлин қиладирман,
Аждарни тиладирман.
Сўрайман, айланг дуо,
Кўнглимда шул муддао..."

Эл дуо қилиб қолди,
Ботирни йўлга солди.
...Ботир_ ботирдек эди,
Ишга қодирдек эди.
Гарчи эмас беҳатар_
Ғолибдан келгай хабар.
Кун бўлар бизларга ҳам,
Балолар топиб барҳам
Орзу_ ўйлар ҳам бўлгай,
Яхши тўйлар ҳам бўлгай...
Шундай ҳаёллар билан,
Сўзсиз саволлар билан
Эл кутар эрди дарак
Уйқусиз тунлар ҳалак_

Lied des Volkes

Mein Land, mein liebes Heimatland
Zu Schutt und Asche nun verbrannt.
Wir wehren uns, doch sind wir wehrlos.
Die Unglücksschale ist voll bis zum Rand.

Ist es Feuer oder Schmerz?
Der Körper blutet und auch das Herz.
Es gibt zur Freiheit keinen Weg.
Eine einzige Wunde ist das ganze Land.

Wenn du zerstört bist, mein Land,
Wie sollen wir Menschen dann leben?
Wir meistern das Schicksal mit blutiger Hand,
Doch glücklich zu sein ist uns nicht gegeben.

Die Hoffnung ist einer Blume gleich,
Die schnell verwelkt in der Hand.
An Schönheit und Größe bist du sehr reich
Und doch so erbarmungswürdig, mein
Heimatland.

Қизлар сочин тарайди,
Болалар йўл қарайди.

Оқ булут уйқусираб,
Қояга елка тираб
Боқар сою, сайхонга,
Бевақт учган хазонга.
Қаро кийган паст_ баланд,
Кул бўлган ўту_ўлан.
Кўринмайдир жонли зот,
Куйган дала. Ўлик от.
Ел эмас, ҳасрат эсар.
Ҳам заҳри касрат эсар.

Тақдири шул бошдан бош...
Бермай додига бардош_
Мунғайиб ҳатто қуёш
Сарсиллаган адир бу.

Ажал билан жон аро
Кийиб эгнига қаро
Бўғриқиб мотамсаро_
Ҳансираган адир бу.

Элнинг дарди бир ёнда,
Эрнинг ори бир ёнда,
Ўлим ғори бир ёнда...
Қонсираган адир бу...

Ўлик адир қучоғи
Худди тонг отар чоғи
Бир бало бўлиб қолди,
Тўзонга тўлибқолди.
Гоҳи оташ ёғилиб,
Гоҳида тош ёғилиб_
Еру_ осмонни бутун
Қоплади қаро тутун.
Қалдироқ қарсиллади,
Чақмоқлар чарсиллади,
Оқ булут чўчиб кетди,
Йўқликка кўчиб кетди.

Ботир белин боғлаган,
Ўзин жангга чоғлаган.
Қасд айлади аждарга,
Ўлимдан беҳабарга.
Юҳо оттан тошларга,
Уфурган оташларга
Чап бериб келаберди,
Ел бўлиб елаберди.
Аждарҳонинг ваҳми ҳам,
Урган заҳри_заҳми ҳам
унга кор қилмас эди,
Назарга илмас эди.
Қиличи сочиб чақин
Тобора келар яқин.

In Zeiten der größten Verzweiflung und Armut
gab es immer wieder neue Helden
bereit, das Letzte noch zu geben.
Denn ohne einen Batyr ist das Land verloren,
es hat weder Selbstbewusstsein noch die Kraft.
Des Volkes Einheit wird zerbrechen
wie trockenes Brot in tausend Krümel.

Und wieder keimte neue Hoffnung,
als einige zum Kampf bereit sich gaben
und aus der Menge traten
in den Kreis der Mutigen.
Nun traf die Wahl den Batyr Erman*,
den Stärksten und den Klügsten aus der Schar.
Löwen - Kräfte! Löwen - Herz!
Das Volk war zuerst entzückt,
sogleich jedoch im Zweifel:
Ob es diesem gelänge
den Drachen zu erlegen?
Wie jeder weiß, bringt der Drache den Tod.
Seinen Panzer aus Stahl können weder Säbel
noch Wurfspieß verletzen.
So wäre es fatal, allein auf Kraft zu setzen.
Mit List muss man ihm begegnen.
Erman – Batyr dachte wie sein Volk.

*Erman, usbekisch:Eiche

Аждарҳо "Тамом" деди,
" Сен менга таом" деди.
Тоғдай бели тўлғонди,
Оч кўзида ўт ёнди.
Қаҳр билан чирпиниб,
Оғзин очиб, умтиниб,
Қасддан ботир жонига
Тортаберди комига.
Аммо қолиб ғафлатда

Билмади шу фурсатда
Ботирларнинг ботири
Баланд тутиб шамширин
Қиларин қилиб кетди,
Ичини тилиб кетди.
Санчиб ўтди юрагин,
Ва қиймалаб кўкрагин
Қонига қориб чиқди,
Қорнини ёриб чиқди.
Аждар судралиб қолди,
Тоғдай буралиб қолди.
Аланглаб ҳар томонга,
Кўзи тушиб Эрмонга
Жон таслим қилар чоғи

Er wusste, dass einer nur mit Muskelkraft
umsonst mit seinem Leben spielt
und sich zum dritten Opfer macht.
So segnete das Volk den Helden.

Die Menschen hofften wieder nun
auf jenen Tag, da all dem Unglück
ein Ende gesetzt wäre.
An dem man fröhliche Hochzeiten feiern,
und furchtlos in die Zukunft schauen würde.
Das Warten auf gute Nachrichten
raubte ihnen sogar den Schlaf.
Junge Mädchen kämmten
ihr langes Haar und flochten Zöpfe.
Wartend saßen Kinder auf der Straße.

Eine weiße Wolke streifte einen Felsen
und erstarrte, wie in ewigem Schlaf,
nein, sie erschrak.
Was musste sie erblicken!
Das einstmals saftige und grüne Gras
war schwarz verbrannt.
Die Blätter an den Bäumen
viel zu früh verdorrt.
Die Hügel und die Steppe lagen tot,
nichts erinnerte an Leben:
Verbrannte Felder, tote Pferde.
Kein frischer Wind, nur Trauer wehte
und wirbelte den giftigen Staub auf.

Аранг очилиб оғзи
Деди: "Ботир экансан,
Жангда моҳир экансан.
Мен сени билмагандим,
Назарга илмагандим.
Не бўлса бўлди_ бўлди,
Бўғзимга қонлар тўлди.
Мағлуб этдинг ўзимни,
Эшит сўнгги сўзимни...
Дунё кўрган аждарман,
Кўп ишдан боҳабарман.

Мен ҳам сендек жон эдим,
Аслида инсон эдим.
Жангда моҳир ва жасур,
Ботилик билан машҳур...
Ғурур гарди кўзимда,
Келолмайин ўзимга_
Дучор бўлдим балога,
Айландим аждарҳога.
Ботилик_ мардлик эмас,
Мардлик_ бедардлик эмас.
Ботирлигинг аёндир,
Қаҳринг ҳам беомондир.
Тадбилисан ва доно,
Кучлисан, чапдаст...аммо_

* *
  *

Lied des Volkes

Wer hat das Unheil uns beschert?
Gestöhne ringsumher. Es ist nicht zu ertragen.
Erstickt in Trauer hat das Leben keinen Wert,
Selbst die Natur, sie leidet.

Sogar die Sonne ist erstarrt
Und ganz in Schwarz gekleidet.
Das Schicksal ist mit uns so hart
Selbst die Natur, sie leidet.

* *
  *

У қаерда ва қачон
Руҳингда аён бўлгай_
Бир бошқа имкон бўлгай.
Қошингда очганим сир_
Ё имтиҳон ё тақдир...
Бунинг билан ишим йўқ,
Кўз юмарман кўнглим тўқ.
Сен бугун ғолибсан, бор,
Мен яшаган ўшал ғор
Ўз мулкинг, ҳалолингдир,
Иқбол ё заволингдир.
Темир қопқали, аммо_
Сен учун йўқ муаммо.
Зулфинин тутганинг пайт_
Ишом шоҳ номини айт...
Ғор очар шунда бағрин,
Олтин, жавоҳир наҳрин...
Шундай тугатиб сўзин
Аждарҳо юмди кўзин.
Танига титроқ турди,
Сўнгти бора уф урди,
Куюн қўзғолиб қолди,
Аждарни ўраб олди.
Кўзларига чанг тўлиб_
Ботир боқар ганг бўлиб.
Увиллайди чўнг гирдоб,

Die Morgendämmerung brach an.
Die Steppe erzitterte und breitete
ihre tödlichen Arme aus.
Vom Himmel schlugen Feuer und Steine,
und alles verging in schwarzem Rauch.
Von Donner und Blitz getroffen
löste sich die Wolke auf in Nichts.
Erman - Batyr schlug seine Ärmel hoch
bereit den Kampf nun zu beginnen,
Den Kampf gegen den Drachen,
der angeblich unsterblich war.
Am Anfang sprang er sehr geschickt
den sprühenden Flammen und ausgespienen
Steinen des Drachen aus dem Weg.
Er stürzte sich buchstäblich
wie ein Sturmwind auf den Feind,
merkte kaum die giftigen Attacken
und feurigen Angriffe des Drachen.
Er ignorierte sie.
Sein Säbel sprühte Funken
und kam dem Drachen immer näher.
Der Drache dachte sich dabei:
„Es wird Zeit für eine Mahlzeit!"
Er erhob sich, wie ein Berg,
die Augen voller Gier.
Erzürnt riss er den Rachen auf
und trat dem Jüngling entgegen,
um sogleich ihn zu verschlingen.
Die ganze Luft zog er in sich hinein.
Durch Gier und Rachelust geblendet,
merkte er den Todesstoß des Jüngling nicht.

Ўрлайди кўкка шитоб...
Ва бироз ўтиб фурсат
Чўкабошлар сукунат.

Баҳодир ўнглаб ўзин
Қараса очиб кўзин
Аждарҳодан йўқ нишон,
Ётар паҳловон ўғлон...

Ҳайратда Эрмон ботир,
Бу қандай ғаройиб сир...
Ўйлаб ўйга етолмас,
Қололмас ё кетолмас.

Оҳири қилди қарор,
Ғор сири унга ошкор.

Не бўлса_ кўрмоқ керак,
Шу йўлдан бормоқ керак.

Маъкулдайин шул тадбир
Йигитга қазди қабр.

Темир қопқа қошида
Ҳаёллар талошида

Бир зум ҳаяллаб турди,
Сўнг зулфинга кўл урди...
"Номи ўчсин Ишом шоҳ_
Балки ҳар ишдан огоҳ...

Қай йўлга солди аждар
Дея жавоҳиру _ зар
Йўлингга тўшалгайдир,
Орзуйинг ушалгайдир...

Бу нима? Ҳиёнатми?
Ё роҳи саодатми?
Ишом шоҳ ким, аждар ким?
Бу сўнгги йўқ бир тилсим.
Шоҳ номида қандай сир,
Нечук илмоқли тадбир?
Айтсам айтаберайин,
Ғорда не бор кўрайин.
Шундай ҳаёлда Эрмон
Шоҳ номин айтган замон
Бир ингроқ садо келди,
Садомас, нидо келди.
Ғорданми ё ўзидан,
Иймон қуйган кўксидан
Билолмай қолди аммо...
Бу энди ёт муаммо.
Сўнгра кучли қалдироқ
Ҳартомон солди титроқ.
Темир қопқа сурилди,
Гўё тоғ ўпирилди.
Чекиниб тошлар нари
Йўл очилди ғор сари.
Ташлаб бирнеча қадам
Ва кўриб бежо ҳашам

Erman - Batyr gelang es doch
den Drachen zu besiegen,
in Stücke ihn zu hacken
und zum Schluss sein Herz aufzuspießen
und seine Eingeweide zu zerpflücken.
Der Drache verlor an Kraft,
sank nieder und wand sich in alle Richtungen.

Und bevor er seinen letzten Atemzug machte,
sprach er zu ihm:
„Ich wusste nicht, dass du so mutig
und ausdauernd bist.
Ich habe dich unterschätzt.
Doch was geschehen ist,
ist nicht zu ändern.
In fairem Kampf hast du gewonnen.
Mein Rachen ist nun voller Blut.
Doch höre meinen letzten Worten zu.
Wie du weißt, bin ich
kein gewöhnlicher Drache.
Ich habe sehr viel im Leben
gesehen und erfahren.
So manche Geheimnisse sind mir vertraut.
Früher war ich so wie du
ein Mensch aus Fleisch und Blut.
Meine Kühnheit und mein Mut
machten mich berühmt.
Bald jedoch trübte der Stolz meinen Blick,
über meinen Augen lag ein Schleier
Bis heute begreife ich nicht,
wie ich mich zum Drachen wandelte.

Довдираб туриб қолди,
Лаблари қуриб қолди.

Бу бошқа ғалат дунё
Сеҳри қилиб маҳлиё
Ўзига тортаберди,
Ва меҳри ортаберди.

Олтин деворли сарой
Турли жавоҳирга бой.

Ақиқлар уюм_уюм,
Безакли олмос буюм
Кўзни олгудек эди,
Жунун солгудек эди.

Кумуш фавворалардан,
Мисли дурборалардан
Дур бўлиб шарбат оқар,
Ҳам ҳузур, лаззат оқар.

Турли қушлар сайроғи
Эркалайди қулоғин.

Ҳайратда қолиб Эрмон
Тураберди паришон.

Руҳи беҳол питради,
Тиззалари титради.

Гоҳ бери, гоҳо нари
Уюмдан уюм сари
Эмаклаб юраберди,
Ерга тан сураберди.

„Tapferkeit und Mut
machen noch keinen Helden aus.
Reinen Herzens muss er sein.
Deine Kühnheit habe ich erfahren.
Unbarmherzig bist du im Kampf.
Aber bleibst du für immer ein Held?
Und hast du das große,
das leidende Herz eines Helden?
Es bleibt dir noch viel zu tun.
Ich erzähle dir mein Geheimnis.
Es wird dir eine Prüfung
oder auch dein Schicksal sein.
Wir werden sehen - Mir ist es einerlei.
Ich bin längst dann jenseits dieser Frage,
ich verschließe fest die Augen
vor der Welt und ruhe dann in Frieden.
Heute bist du der Sieger!
Meine Höhle sei nun deine,
du hast sie dir mit Recht erworben.
Das schwere Tor sei länger nicht
ein Hindernis für dich.
Sobald du es mit deiner Hand berührst
und laut den Namen "Schah Ischam" rufst
wird es sich öffnen und gibt den Weg
zu allen Schätzen frei!"
Mit diesen Worten schloss
der Drache seine Augen.
Der Körper bebte einmal noch.
Sein letzter Atem löste einen Windsturm aus,
der bis zum Himmel tobte.
Erstarrt verfolgte Erman das Ereignis.

Ортига боқиб шу зум_
Кўрарки, баҳайбат дум
Бураладир ҳартомон
Ярқираб шамширсимон.
Тани оғир.Туролмас,
Одам каби юролмас.
Нафас олса бурқир дуд,
Дудмас, заҳарли булут...
Шу он сарой ҳудудин
Ҳам гўё бор вужудин
Қалдироқ тутиб кетди,
Зўр қаҳ_қаҳ ютиб кетди.
Сўнгра Ишом шоҳга ҳос
Таҳдид тўла бир овоз
Дейдир:" муборак сарват,
Сенга ҳалол бу давлат.
Фақат сен ўзингни бил,
Ва шоҳингга ҳизмат қил.
Жисмингни кўрган замон
Титроққа тушсин жаҳон.
Кўтармасин эл бошин,
Тополмай қолсин ошин.
Бўлиб қулликда доим,
Қўйдек юрсин мулойим.
Бор, энди ғазаб қилгил,
Жонлиқлар талаб қилгил.

Nach einer Zeit war alles ruhig.

Erman, er schaute um sich und er sah,
der Drache war verschwunden.
An seiner Stelle lag ein hübscher Jüngling.
Erman kam aus dem Staunen nicht heraus.
Was für ein Wunder war geschehen?
Ihm war so seltsam nun zu Mute.
Wie benommen stand er da,
konnte weder gehen noch bleiben.
Und gab sich endlich einen Ruck,
denn groß war doch die Neugier auf die Schätze,
deren Geheimnis er alleine kannte.
Er begrub den Jüngling schnell und
 ging dann zum Tor
während sich in seinem Kopf
die Gedanken überschlugen:
„Ist es eine Falle nur?
Oder doch der Weg zum Glück?
Welches Band hält außerdem
Drache und Ischam?
Ach, zum Teufel mit dem Schah!
Hat der Drache nicht gesagt,
mir allein gehört der Schatz?
Ich muss das Geheimnis lüften!"
Er berührte schnell das Tor und
rief laut. „Schah Ischam".
Es ertönte ein Geheul,
doch woher, war nicht zu deuten.
Aus der Höhle oder gar
aus seiner eigenen Seele?

Келтиргил элга қирон,
Юртини айла вайрон.
Сендан қилиб менга дод_
Излаб келсинлар нажот.
Энди менга ҳамроҳсан,
Одам эмас, Юҳосан...

Қайдан келди бу садо_
Билолмай қолди аммо...
Аниқ Ишом шоҳ эди,
Кўринмас арвоҳ эди.
Олтинлар уюм_уюм...
Эрмон ҳарён уриб дум
Ғор ичида тўлғонар,
Кўзи ёнар, чўғланар.
Дер:" бари маним _ маним,
Ҳечким бўлолмас ғаним.
Пўлат танлиман ўзим,
Ажал сочар ҳар кўзим.
Келтириб элга қирон
Бўлгум ёлғиз ҳукмрон.
Майли қилиб мендан дод_
Излаб кўрсинлар нажот...

Ҳали тонг отмай туриб,
Тўлган ой ботмай туриб,

Keine Zeit jetzt nachzudenken,
denn es zitterte die Erde.
Ein Donnern kam vom Himmel
und das Beben löste einen Steinfall aus.
Das schwere Tor ging plötzlich auf
und der Weg war frei.
Jetzt gab es nur noch einen Wunsch:
Vorwärts schnellen Schrittes, um
den Reichtum dieser Höhle zu erblicken.
Und Erman wurde nicht enttäuscht.
Es war dort unbeschreiblich schön!
Nicht einmal im Traum
sah er so viel Gold und Diamanten!
Vor dieser Fülle
stockte ihm der Atem.
Was für eine Zauberwelt,
seltsam, und bewundernswert.
Wände ganz aus purem Gold.
Wohin er auch sah:
Diamanten, Gold, edle Geschmeide.
Welche große Wonne!
Sprudelnde Quellen,
aus Silber mit Perlen verziert,
boten Erfrischung und höchsten Genuss.
Sogar das Zwitschern und Jubeln
der Vögel war zu vernehmen.
Erman verharrte in Glückseligkeit.
Er traute Augen und Ohren kaum
und gab sich dieser Wonne hin.
Plötzlich fing sein Körper an zu zucken
und weiter auch sein Knie.

Эл йиғилди майдонга
Кўз тутиб ғор томонга
Ботиридан умидвор
Кутар эди интизор.
Элим деб кетган эди,
Додига етган эди,
Сўраб даврадан дуо
Бўлгали радди бало
Ўзини чоғлаганди,
Белини боғлаганди,
Эл кўнглин тўлдирибди,
Юҳони ўлдирибди...
Қайтмоқда энди ғолиб
Беомон жангдан толиб.
Қизлар сочин тарайди,
Болалар йўл қарайди,
Созанда созлайди соз,
Ҳарёнда ҳай_ҳай овоз...
Орзули, умидли дам
Аламлар топиб барҳам
Ҳавода балқиб сурур,
Кўзларда қалқиб ғурур_
Боқишларда _ ҳаёллар,
Ҳаёлларда _ саволлар...
Шундай ширин он эди,
Орзу каби тонг эди.

Es zog ihn mal nach hinten,
mal nach vorne,
bis er auf allen Vieren kroch.
Von einem Berge Gold zum anderen.
Selbst mit dem Bauch berührte er den Boden
und spürte einen kalten Hauch.

Er blickte kurz nach hinten
und erschrak - da wand sich
ein langer Schwanz und er glänzte,
denn er war aus Stahl.
Auch sein Körper wurde plötzlich stählern schwer,
Es war ihm nicht mehr möglich
wie ein Mensch zu stehen und zu gehen.
Aus seinem Mund qualmte Rauch.
Nicht einfach Rauch
es war eine Wolke, schwarz und giftig.
Ein Donner ließ plötzlich
das Tor und seinen Körper erzittern.
Lautes Gelächter ertönte,
eine Stimme, ähnlich der Stimme
des Schah Ischam, verkündete drohend:
„Gepriesen seiest du!
Jetzt bist du reich
und hast es ehrlich dir verdient.

Тонг қизи тўниб қолди,
Қаролик кўниб қолди.
Ногоҳ тебраниб ҳарёқ
Қалдиради қалдироқ,
Кўкда, ерда қора дуд,
Гўё заҳарли булут...
Оғзидан оташ отиб,
Оташланган тош отиб
Келиб қолди аждарҳо,
Қайдан чиқди бу бало_
Ҳечкимса билолмади,
Ё тадбир қилолмади.
Эл_ҳайрон.Ватан вайрон.
Нолага тўлиб ҳарён
Замин қалтираб қолди,
Тиллар галдираб қолди...

Менда ҳам қолмайин ҳол,
Кўлим титрар бемажол.
Ёвузлик келиб устун
Ечилмай қолди тугун.
Аммо ноумид_ шайтон,
Келгуси қутлуғ замон
Бахти қаро юртга ҳам,
Ва кўзлардан ариб нам

„Um mir zu dienen,
brauchst du nur an dich selbst zu denken.
Von deiner Erscheinung wird die ganze Welt
in Angst und Schrecken versetzt.
Und das ist gut, denn nur so
lässt das Volk die Köpfe hängen
und kommt gekrochen auf den Knien.
Nur Sklaverei macht die Menschen gefügig
und zahm wie ein Schaf.
Ziehe hinaus in die Welt,
zeige Raserei und Wut,
verlange Opfergaben. Und vor allem
habe kein Erbarmen, zerstöre und töte!
Du bist nicht länger mehr ein Mensch,
du bist ein Drache und
wir sind eines Sinnes."
Es war nicht klar, woher die Stimme kam.
Sprach Schah Ischam
nicht höchstpersönlich hier?
Doch nirgendwo war er zu sehen,
unsichtbar war er wie der Tod.
Erman drehte sich im Kreis,
ein lüsternes Funkeln in den Augen
„Das alles hier gehört nun mir.
Zerstören kann ich, was ich will,
denn unantastbar bin ich , ganz aus Stahl.
Allein mein Blick versetzt in Todesangst
Das Volk kann ich vernichten
Ich bin der Herrscher hier."
Es war noch Nacht.
Der Mond stand tief am dunklen Horizont,

Бир эртак тўқийдирман,
Ва сизга ўқийдирман.
Ҳозирча боримиз шу,
Минг афсус, зоримиз шу.
Юрт_юҳолар измида,
Ишом шоҳлар измида.
Этмоқда ҳаёт давом,
Дегали: " эртак тамом"
Гарчи фурсати эмас_
Шу ерда Қиламан бас...

□

Da sammelten die Menschen sich
und schauten bangend,
voller Hoffnung auf zur Höhle.
Die Erwartung war besonders groß,
Denn Erman- Batyr war der Beste doch von allen.
Mehr als alles liebt er sein Volk
Er würde alles dafür geben,
es frei und glücklich nun zu machen
Sein Ziel hat er erreicht,
Tot ist der Drache und vernichtet.
Er war Sieger, das stand fest.
Kinder saßen auf der Straße,
gespannt zur Höhle blickten sie.
Junge Mädchen machten wartend
ihre Zöpfe sich zurecht.
Und die Musiker, sie stimmten
frohen Mutes ihre Instrumente.
In den Augen vieler Menschen
schimmerten Stolz und Sehnsucht
nach der nahen, schönen Zukunft.
In den Köpfen Fragen über Fragen.
Süß und ruhig brach an der Tag
Und die Morgenröte war Verheißung
auf das langersehnte Glück.
Plötzlich bebt der Horizont
Der Tag in seiner Morgenröte
war von Dunkelheit und Schwarz umzingelt
Die Erde hob sich und der Donner
ließ alles erschaudern.
Schwarzer Rauch stieß aus der Höhle
Und bedeckte bald den Himmel.

Heiße Steine spuckend und
Feuer hauchend,
stand plötzlich ein Drache da.
Keiner wusste, wieso und woher
Keiner war auch wehrhaft genug.
Kinder weinten, Frauen stöhnten,
Männer sprachlos erstarrt.
Schon wieder Unglück.
Schon wieder Zerstörung.
Auch meine Kraft, sie geht zur Neige.
Die Hände zittern, sind verkrampft.
Ein gutes Ende hat das Märchen
leider nicht. Erneut
hat das Böse heute gesiegt,
jedoch die Hoffnung, sie lebt weiter,
denn sie stirbt zuallerletzt.
Hoffnung auf helle, frohe Tage
für diese gottverlassene Gegend.

Es kommt der Tag, an dem die Welt
nicht mehr von blutrünstigen Drachen
und machtgierigen Schahs regiert wird.
Dann trocknen die Tränen
der Kinder und der Frauen
und ich erzähle ein neues,
ein ganz anderes Märchen.
Auf diese Zeit kann ich euch nur vertrösten.
Das Leben geht doch immer weiter
Und ein Märchen
kann immer wieder neu erzählt werden.
An dieser Stelle muss ich euch verlassen.